看故事學語文

看故事學部首 1

左右不分的阿宏

方淑莊　著

新雅文化事業有限公司
www.sunya.com.hk

看故事學語文

看故事學部首 ①
左右不分的阿宏

作　　者：方淑莊
插　　圖：靜宜
責任編輯：葉楚溶
美術設計：鄭雅玲
出　　版：新雅文化事業有限公司
　　　　　香港英皇道 499 號北角工業大廈 18 樓
　　　　　電話：（852）2138 7998
　　　　　傳真：（852）2597 4003
　　　　　網址：http://www.sunya.com.hk
　　　　　電郵：marketing@sunya.com.hk
發　　行：香港聯合書刊物流有限公司
　　　　　香港荃灣德士古道 220-248 號荃灣工業中心 16 樓
　　　　　電話：（852）2150 2100
　　　　　傳真：（852）2407 3062
　　　　　電郵：info@suplogistics.com.hk
印　　刷：中華商務彩色印刷有限公司
　　　　　香港新界大埔汀麗路 36 號
版　　次：二〇二一年六月初版

ISBN: 978-962-08-7789-6
© 2021 Sun Ya Publications (HK) Ltd.
18/F, North Point Industrial Building, 499 King's Road, Hong Kong
Published in Hong Kong, China
Printed in China

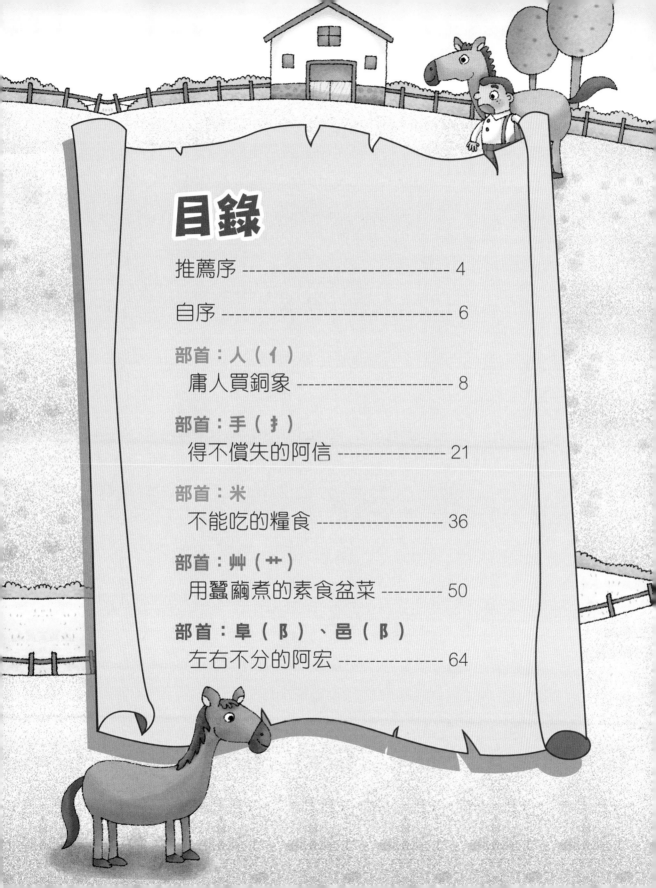

目錄

香港人做事講求效益，同樣的成果，能少花一點時間，總不願多費工夫。這確是在商業社會的生存之道，只是學習知識若一味追求簡捷，聰明過人者一時或可應付考試，卻也易於遺忘，最終也不見得「符合成本效益」。中學一位老師曾說，一件事，接收越多有關的細節，越能記住。按自己學習歷史的經驗，也的確如此，情節豐富的倒最容易熟記。

本書通過故事交代語文知識，看似是把幾十字足夠說明的要點化簡為繁去鋪陳，或以為多此一舉。但對孩童而言，把死板的知識融入充滿趣味的故事當中，他們甚至不必強迫自己集中記憶，就已把包含語文知識的情節深印腦中。而且，語文要掌握純熟，不得不靠長期的浸淫，對孩童而言，多讀一些有

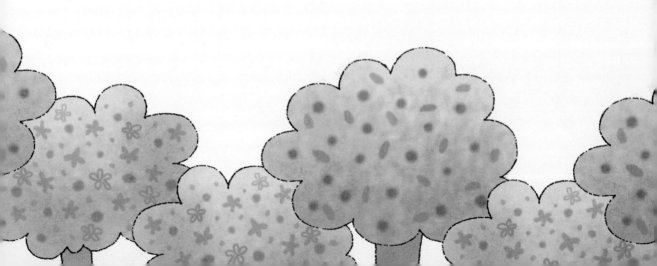

情節的故事，掌握語感，培養興趣，助益又不止於學習漢字部首而已。

　　書中的故事，情節諧趣，兼具教育意義，若作者語文教學的理論知識和實踐體會稍有不足，恐怕難以勝任。本書作者任教多年，經驗豐富，深明此道，也不吝為孩子花心思創作故事，如今這冊已是第九、十部作品，細細品味，當有所得。

陳天浩

香港大學中文學院哲學博士

守其初心，始終不變

從事語文教育工作十多年，我一直以來都堅持着一個信念——把學習語文變成一件有趣的事，讓孩子愛上語文，愛上閱讀。在 2015 年，我開展了《看故事學語文》這個系列，嘗試透過簡單、輕鬆的故事介紹不同的語文知識。一直以來，得到很多小讀者的支持，心裏很是感恩。眨眼間，這次出版的已經是第九及第十冊了。

2020 年是很特別的一年，疫情肆虐，學校停課，興趣班也停了，孩子的學習模式有一個前所未有的改變，每天足不出戶，在家中上網課；作為老師，工作上也有重大的挑戰，學習新的技術、面對新的教學模式，對我來說，這可是我工作生涯中最艱辛的一年。身為兩孩之母，既要照顧家庭，又要上班，還要在夜闌人靜時抽空寫書，真是好不容易。然而，忙碌的生活並沒有動搖我為孩子寫書的堅持，我依然熱衷於找尋寫作的新點子。

「識字」和「認字」是孩子學習語文的重要一環，而「部首識字」是中文識字教學策略中常見的方法。大約有 80% 的

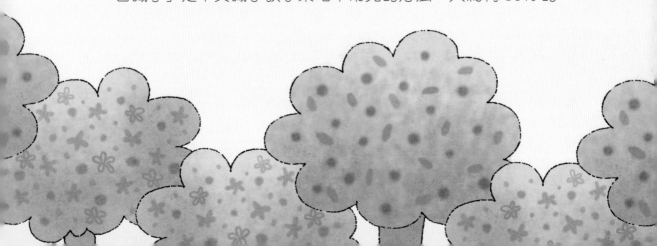

中文字是形聲字，其特色是一邊表形（部首／形旁），一邊表音（聲旁）。我們可以從聲旁猜出讀音，也可以從部首大概了解字義。形旁部首對認識中文字提供了重要的提示作用，有助孩子記憶字形、理解字詞和學習新的詞彙。然而，在學習中文字的過程中，孩子會對一些形近的部首感到混淆，造成寫錯字的情況，影響學習成效。有見及此，我決定撰寫《看故事學部首》兩冊，選取了幾個常用及容易混淆的部首，以故事形式讓孩子辨認近似部首及學習其意思，加深印象。

最近，香港某團體就「市民閱讀習慣」做了一項調查，結果是七成五受訪者有紙本閱讀習慣，較上年升近一成，閱讀時間也增加近一成。在疫情影響下，人選擇了回歸閱讀，用讀書來充實生活、追求心靈安定。我相信閱讀是終身學習的基礎，疫情讓大家不能「走萬里路」，卻無阻大家「讀萬卷書」，希望小讀者們繼續享受閱讀，並從閱讀中有所得着。

方淑莊

部首：人（亻）

庸人買銅象

在<u>部首國</u>一個幽靜的山林裏，有一幢平實而精緻的別墅，它藏於蒼翠①的樹林之中，十分寧靜。置身其中，讓人恍如走進世外桃源，遠離了都市塵囂②。這就是國王專用的避暑別墅。

每年的夏天，國王都會獨個兒到那裏度假，他會靜靜地閱讀、看風景、親手布置園林、種植花草等，做自己喜歡做的事，享受大自然。今年也不例外，國王完成了手上的

釋詞
① 蒼翠：深綠色。
② 塵囂：世間的紛擾、喧鬧。

工作，便乘坐馬車出發去了。

　　除了幾個廚師和一個對外聯絡的信差阿基，就只有管家阿虹看守着整幢別墅，負責處理一切大小事務。阿虹已經駐守別墅很多年，經驗豐富，處事井井有條，深得國王的信任。每當國王住在別墅時，生活上的所有事情就由他來處理。

　　在國王來到別墅的前幾天，阿虹在修理煙囱時不小心跌倒，扭傷了腳，被迫休假，臨時請來了兒子阿查來代替。阿查雖然不算聰明，沒有工作經驗，但做事勤奮不計較，大家都認為他能勝任照顧國王的工作。阿查上班後，把別墅打掃得一塵不染，還放上國王喜歡的鬱金香花，到處都洋溢着淡淡的幽香，令人心曠神怡。初次見面，國王對阿查留下一個還不錯的印象，更因為他是阿虹的

兒子，對他甚為友善。

　　第一次親眼看到國王，第一次服侍國王，第一次得到國王的讚賞，<u>阿查</u>感到非常榮幸，也非常緊張。他知道國王做事有效率，是個怕囉嗦的人，所以時常提醒自己，做事要勤快，盡量不要問問題，不可耽誤①

釋詞　　①耽誤：因延遲而誤事。

時間。

一天早上，國王來到池塘邊看風景，池塘裏擺放着一尊高貴的女士銅像，這是幾年前<u>修辭國</u>國王送給他的禮物。他看着看着，覺得池塘裏的銅像伶仃^①地站着，太孤獨了，打算添置一尊男的銅像，便對<u>阿查</u>説：「趕快命人買來男的銅像，越快越好！越快越好！」

<u>阿查</u>聽到國王説越快越好，緊張得手心冒汗，連忙在紙上寫着：國王需要男的銅象，請趕快送來！

他原本想讓國王過目，卻怕國王覺得不耐煩而卻步，然後，趕忙找信差<u>阿基</u>，把字條送到王宮去。

釋詞 ① 伶仃：孤獨、無依靠的。

　　王宮裏的人看到字條上寫着「男的銅象」，心裏都有些疑惑。一個侍從說：「我想國王的意思是要找雄象，而且是銅色的，一定是這樣的。」一個侍從說：「國王的品味一向刁鑽①，前陣子才說要找一隻會跳舞的猴子！」另一個侍從說：「別管太多！國王說要趕快，只好奉命行事。還是快派人去找，免得他生氣了。」

　　大家花了不少人力物力，好不容易找來了一隻銅色的象。過了幾天，有人送貨到別墅來，國王滿心歡喜地上前迎接，他把布打開，裏面竟然是一個大籠子，困着一頭銅色的大象！「嘩！大⋯⋯大⋯⋯大象！這是什麼一回事？」國王被嚇了一跳，跌在地上。

釋詞　　① 刁鑽：使人難以應付。

人
（亻）

手
（扌）

米

艸
（艹）

阜
（阝）、邑
（阝）

站在旁邊的阿查看到這個情景，想起了前幾天寫的字條，知道自己犯了錯，便匆匆地去找國王認錯。國王生氣地說：「這些小事都辦不來，真氣人！念在你是阿虹的兒子，又是新來工作，我原諒你。待我離開別墅，你要負責把那隻象送走！」

阿查向國王連聲道謝，說：「謝謝您！我會負責的，我會負責的。」他心裏覺得很愧疚，想儘快交代好事情，於是匆匆寫了一張字條，寄給王宮裏的人。

早前，我把「銅像」寫成了「銅象」，鬧出了誤會，對不起！國王要我為這件事負債，稍後我會親自把象送回王宮。

阿查上

王宮裏的人看到字條，心裏都很同情阿查，紛紛説：「雖説是阿查的錯，但懲罰太重了吧！畢竟那銅象所費不菲①。」不過，既然國王下了命令，還是要實行的，很快，阿查就收到王宮寄來的單據。看到欠單上的天文數字，阿查差點兒嚇傻了，他把銀碼重複地讀了幾遍，説：「國王不是説會原諒我嗎？這金額比我一輩子能賺的工資還要多！」他只好再次來找國王求情。

　　國王從來沒有要求阿查賠償，聽着他的話，心裏滿是疑問，完全不能理解。最後，經過多番查問，才知道他把「負責」寫成「負債」，再次釀成了誤會。

　　看着這個傻乎乎的阿查，國王覺得很無

釋詞　① 不菲：不便宜。

奈，說：「算吧！算吧！或許你經驗不夠，
不能同時處理太多的工作，你去寫一張招聘
啟事，多請一個傭人回來，減輕一下你的工
作吧！」阿查很感激國王對他的包容，承諾
會用心工作，好好照顧國王。他馬上拿起
筆，在紙上寫了一則啟事，貼在告示板上，
上面寫着：高薪急聘庸人，有意內洽。

高薪急聘庸人，有意內洽。

國王看了看阿查寫的字，歎了一口氣
說：「這真是一個名副其實的庸人！」

部首小教室

人（亻）

甲骨文	金文	篆書	隸書	楷書

　　「人」是象形字，像人側身站立的樣子。「人」部構字時，通常位於上方。當部首「人」位於左邊時，會變形為「亻」，通稱「人字旁」、「單人旁」。「人」部的漢字一般都和人的行為有關。

部首是「人」的例子：

信、做、侍、他、作、像、伙、傭、今、傘

學習心得

在故事中，阿查寫字時總是粗心大意，有時忘記加上「亻」字旁，有時卻多加了「亻」字旁，鬧出了誤會，例如，他把「銅像」寫成「銅象」，把「負責」寫成「負債」，把「傭人」寫成「庸人」，但這些字的意思是完全不同的。如果阿查能夠先了解「人」部的漢字多與人的行為有關，或許就能避免錯誤了。

另外，「人」部的字除了以「亻」作為偏旁，部首「人」還會位於字的上方，如：今、介、倉、傘等。

部首練習

一、國王要阿查在招聘啟事中寫「急聘傭人」，他卻寫錯為「急聘庸人」，你知道「傭人」和「庸人」的分別嗎？請你猜猜為什麼國王跟阿查說：「這真是一個名副其實的庸人！」

「傭人」是指 ＿＿＿＿＿＿＿＿＿＿＿＿＿＿＿＿ ，「庸人」

是指 ＿＿＿＿＿＿＿＿＿＿＿＿＿＿＿＿ ，因為國王叫阿查

辦事，但阿查多次 ＿＿＿＿＿＿＿＿＿＿＿＿＿＿＿＿ ，所

以國王說他是一個名副其實的庸人。

二、以下詞語的意思都與人有關嗎？請選出括號內正確
　　的字，把答案圈起來，組成詞語。

1. 人（像／象）

2. （侍／待）從

3. （依／衣）靠

4. 同（半／伴）

5. （旁／傍）邊

6. 人（們／門）

7. （韋／偉）大

8. （建／健）康

部首：手（扌）
得不償失的阿信

　　阿信沒什麼一技之長，為人不踏實，做事又馬虎，所以總是找不到一份長久的工作。在他心中，有一個奇怪的信念：用最少的努力，換最大的回報。

　　早前，他才在一間餐廳找到洗碗員的工作，面試時，他表現得很積極，然而，在上班的第一天，就因為工作懶散被辭退了。可是，他心裏一點都不在乎，還厚着臉皮向主管取回半天的工資。

　　他有一個好朋友，名字叫阿星。他們從

小一起長大，性格卻迴然①不同，雖然<u>阿星</u>沒他那麼腦筋靈活，卻努力工作，多年來，一直在王宮裏當小侍從，養活自己及家人。

　　<u>阿星</u>對他非常關顧，他得悉王宮裏兩個負責照顧小王子的侍從同時因事請假，國王急着要找到兩個替工回來，一起照顧小王子，於是，便立即通知<u>阿信</u>來應徵。

　　一如以往，<u>阿信</u>在面試時表現得非常積極，很快就獲聘，並簽了合約，與他一同獲聘的還有一個叫<u>阿樂</u>的男人。<u>阿信</u>很期待可以快點上班，因為他認為照顧小孩子不是一件難事，心想：做這麼容易的事，就有如此豐厚的工資，賺到的錢，可以讓我休息好一陣子，真好！

- -

釋詞　　① 迴然：差異很大的樣子。

直到上班的前一天，<u>阿信</u>打聽到這次的工作並非想像中那麼輕鬆，那兩個侍從就是因疲勞過度得病才會請假的。他知道後，心裏便緊張起來，因為他根本沒能力應付操勞的工作。

平日，即使工作有多忙，他仍會想盡辦法躲懶，就算被老闆責罵，亦不會在乎。他會自我安慰說：「不要怕被人罵，不要怕被辭退，只要輕輕鬆鬆得工資就好了，反正我下次不會再來！」

可是，這次的情況可不同了，當他一想到老闆是國王，就不敢掉以輕心了。他心想：萬一我做錯事，不是被人罵了罵就算，說不定會被打，甚至被囚……想着想着，<u>阿信</u>開始後悔答應到王宮工作，整個晚上在盤算着，要想出一個解決的辦法。

阿信本想辭工不去上班，但合約上注明任何原因曠工①都要賠償雙倍的工資，對於沒有積蓄的他來說，是行不通的。直到他看到合約的最後一項，才想出了辦法來，合約上寫着：兩位侍從替工需互相合作，完成所有工作才可得工資。所以，阿信決定按時前往工作，然後扮作受傷，把大部分的工作推卸給另一個替工阿樂，想蒙混地捱過幾天的工作。

　　不過，他究竟要假裝哪裏受傷才可以做最少的工作呢？這就得找阿星幫忙了。阿信要阿星幫忙偷看王宮裏的工作表，讓他再視乎工作項目才決定受傷的部位。

　　阿信知道阿星是個心軟的人，一定會幫

釋詞　　①曠工：不請假或請假未被批准而缺勤。

25

助他，可是，他怕阿星不夠聰明，做事反應慢，早已想出一個快捷的方法，他跟阿星說：「你要用最快的速度偷看那份工作列表，方法很簡單，只要數一數包含『手』部和『足』部的字分別佔多少個項目就可以了，千萬不要被人發現。」

阿星心裏不太情願，卻不好意思拒絕阿信，只好點點頭答應了。在夜闌人靜的時候，他膽戰心驚地走進國王的書房，偷看了那張長長的工作列表。他很怕被人發現，便按着阿信教他的方法，迅速地完成任務。

阿星來找阿信，面如土色①的他似乎驚神未定②。這是他第一次走進國王的書房，做這些鬼鬼祟祟的事，難怪他緊張得心都快

 ① 面如土色：臉色像泥土一樣，形容極度驚恐。
② 驚神未定：驚恐慌亂的心神還沒有平定下來。

要跳出來。他對<u>阿信</u>說：「我匆匆地看了那份工作表一遍，我⋯⋯我看到包含『足』部的工作有好幾個，例如陪王子踢球、踏單車，還有『踩』、『跟』、『跳』、『跑』這幾個字呢！至於包含『手』部的字，似

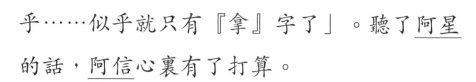

乎⋯⋯似乎就只有『拿』字了」。聽了<u>阿星</u>的話，<u>阿信</u>心裏有了打算。

　　第二天，他準時來到王宮，剛換上工作服，便故意向前一摔，裝作左腳受傷了。休息了一會兒，他裝出一面誠懇的樣子，對管工說：「抱歉我不小心絆倒，腳受了傷，可能需要把相關工作交給另一位替工了。不過，我的手仍很靈活，儘管把用手做的工作交給我。麻煩你安排一下了。」

　　管工看了看<u>阿信</u>，又看了看工作合約，便回應他說：「那我安排一下吧！你確定你能一個人應付所有用手做的工作？」以為自己詭計①得逞②的<u>阿信</u>回應道：「當然！當然！」

釋詞　① 詭計：狡詐的計謀。
　　　　② 得逞：計謀實現，目的達成。

阿信一拐一拐地跟着管工，看到他在工作表上畫來畫去，把帶有「足」字的工作項目刪去了。阿信心想：説不定，我只要到廚房拿出小王子的午餐就可以領工資下班了。然後向着阿樂露出狡猾的笑容，説：「辛苦你了，可憐的阿樂！」

過了一會兒，管工拿出一張排得密密麻麻的工作表，交給阿信，説：「只要完成這些工作，你就可以下班了。」同時，又把一張只有幾項工作的列表交給阿樂。

阿信看了看工作列表，忍不住「嘩」的一聲大叫出來，接着説：「為什麼我要做的工作比他多呢？」

原來，阿星只是按着他的吩咐，找出有「手」字部的字，卻忽略了「扌」旁的字。阿信看着那工作列表，想到這兩天要完成繁

人（亻）

手（扌）

米

艸（艹）

阜（阝）、邑（阝）

多的工作，感到十分沮喪。他先走到廚房，拿出小王子的午餐，然後還要摺衣服、抹桌子、插花、搬運新玩具……相信他會一直忙到深夜才能下班了。

當阿信忙得不可開交時，阿樂已經完成所有的工作，預備下班了，臨離開王宮時，他更跟阿信揮手說再見，還輕佻地說：「辛苦你了，可憐的阿信！」阿信看着一雙累得不想動的手，氣得怒火中燒。

這次阿信弄巧反拙，令自己忙得透不過氣來，希望他能吸取教訓，從此踏實工作。

部首小教室

手（扌）

| 甲骨文 | 金文 | 篆書 | 隸書 | 楷書 |

　　「手」是象形字，像一隻手掌伸出五指的樣子。以「手」為部首的字，多數與手部動作有關。

　　部首寫在字的下方時，保留原來字形「手」，稱作「手字底」，而變形部首「扌」寫在字的左邊，稱作「提手旁」。

部首是「手」的例子：

拿、掌、抹、摺、推、折、抄、投、搬

學習心得

在故事中，阿信安排好朋友阿星到國王的書房偷看工作表，原以為可以減輕自己的工作。可惜他一時大意，忘記提醒阿星「手」部還有變形部首「扌」，最後，偷雞沒成丟把米——得不償失，讓自己承擔了大部分的工作，而阿樂就輕鬆地完成工作下班了。

「手」部的字有很多，少數是寫在字的下方，如：拿、掌、拳，更多是以變形部首「扌」寫在字的左方，如：找、抄、拉、捉，這些字主要和手部動作有關。大家在辨別文字時，可以想一想那個字是不是與手部動作有關，不要弄錯呀！

人
（亻）

手
（扌）

米

艸
（艹）

阜
（阝）、邑
（阝）

33

部首練習

一、從「手」部的字多數與手部動作有關，多為動詞。
試想想有哪些字是跟手部有關，把字配詞後寫在橫
線上。

例子 ＿＿＿＿＿拍照＿＿＿＿＿

1. ＿＿＿＿＿＿＿＿＿＿

2. ＿＿＿＿＿＿＿＿＿＿

3. ＿＿＿＿＿＿＿＿＿＿

4. ＿＿＿＿＿＿＿＿＿＿

5. ＿＿＿＿＿＿＿＿＿＿

6. ＿＿＿＿＿＿＿＿＿＿

二、分辨以下詞語應配上哪一個從「手」部的字，把答案填在括號內。

探　　捉　　扮　　搬　　抄　　換
持　　擦　　揮　　拒　　拾　　掌

1. （　　）運　　　　2. （　　）汗

3. （　　）寫　　　　4. （　　）望

5. （　　）絕　　　　6. （　　）演

7. （　　）迷藏　　　8. 指（　　）

9. 收（　　）　　　　10. 鼓（　　）

11. 交（　　）　　　　12. 支（　　）

人
（亻）

手
（扌）

米

艸
（艹）

阜
（阝）、
邑
（阝）

部首：米
不能吃的糧食

　　阿峯在豐收村長大，仗着父親是個小財主，從小到大橫行霸道，村民都不喜歡他，叫他做「小霸王」。小時候，他只愛玩樂，不認真讀書，是個不學無識①的人。長大後，他貪戀權勢，嚷着要父親花一大筆錢，給他買了個村長的職位。

　　自從他當上了村長，村民們無不叫苦連天。上星期，他在飯店裏吃了一碗粥，沒有付錢；昨天，他在市場裏拿了兩袋糯米，也

釋詞　① 不學無識：沒有學問，缺乏見識。

沒有付錢。他終日欺壓村裏的人，人人都視他為「過街老鼠」。

今天，阿峯收到消息，得知國王將會舉行一個「村長見面會」，邀請每條村的村長到王宮會面。能夠進入王宮，跟國王見面，是一件榮幸的事情，阿峯當然很重視這次機會，更打算帶一些禮物到王宮，博取國王的歡心。

阿峯想了好幾天，都想不到該送什麼給國王作見面禮，便在家裏選了些名貴的古董、飾物和布匹，找父親商量。父親認為這些禮物都不適合，說：「國王什麼都不缺，這些名貴的東西，他不會看得上眼。你何不找一些更貼心的禮物呢？」他們討論了一個下午，終於想到了一個好辦法。父親說：「近日天氣反常，有一位在王宮裏工作的朋友告

訴我，國家的儲備糧食不足，我們可以送上一些糧食，以表示我們村對國家的關懷，國王一定很高興呢！」

阿崟很同意父親的話，他覺得只要自己送上越多的糧食，國王就會越高興。但是，狡猾的阿崟當然不會掏出家中的糧食讓自己吃虧，於是，他以送禮給國王為由，要求所有村民打開倉庫，好讓他可以帶人去任意拿取糧食。

正當他準備出門時，他猶豫了一下，回頭問父親：「那我如何知道倉庫裏哪些袋子是裝着糧食的？」父親拿起旁邊的稻穗，大力拍打了一下，稻米散落一地，然後，他把稻米鋪成一個「米」字，語重心長地說：「這麼簡單的事情都做不來，誰叫你不好好讀書？有『米』字旁的字通常跟糧食有關

啊！」

　　<u>阿峯</u>很要面子，為了裝作自己又識字又有學問，他牢牢地記住了這個「米」字。每當他走進倉庫，看到袋上的字有「米」字偏旁，便不用打開來看，直接命人把袋子搬到馬車上。

　　村民們心裏很不服氣，卻又不敢違命，人人都在議論紛紛。有人提議在一個裝着泥

沙的袋子上寫着「白米」，可是，這樣做可能會因犯欺騙罪而被囚，大家都不敢犯險，只好放棄，眼巴巴的看着<u>阿峯</u>取走糧食。

　　一位老農夫説：「他一進來，就把幾袋糙米和粟米搬走了。」

　　一位麵店的主人説：「他把我昨天買回來的麵粉拿走還不夠，連廚房裏剛做好的麵糰都不放過。」

人
（亻）

手
（扌）

米

艸
（艹）

阜
（阝）
、邑
（阝）

雜貨店的老闆生氣地說：「我們的損失最慘重，稻籽、白糖、高粱全都被人拿走了，連我在桌上放着的午餐——糉子都順手拿走了。太過分了！」

一位住在豐收村幾十年的農場主人——杜先生聽到了村民的對話，心裏很憤怒，決心要替天行道①，狠狠地教訓阿峯一頓。由於杜先生是村長阿峯的鄰居，看着他長大，對他甚為了解，知道他只是裝作識字。趁阿峯來到他的農場大肆②搜掠③前，想出一個計劃去作弄他，好讓他被國王懲罰一下。

杜先生回到農場，把田裏的所有牛糞都收集起來，放在不同的袋子裏，並在袋上寫

釋詞 ① **替天行道**：代替上天主持公道，伸張正義。
② **大肆**：放肆，毫無顧忌。
③ **搜掠**：搜索掠奪。

上「糞」字，然後放滿一個倉庫。當阿峯來到農場，杜先生跟他說：「我們的糧食剛好吃完了，田裏的農作物還沒有收成，沒什麼可以交給你！」

雖然杜先生是阿峯的鄰居，但他卻不留情面，一手推開杜先生，說：「讓開！我們打開倉庫搜！」阿峯打開倉庫的木門，眼見數十個袋子，袋上的字都有一個「米」字的，便生氣地說：「你這個狡猾的傢伙！竟然敢說謊，騙我倉庫裏沒有糧食！我要把所有袋子搬走，達成你的心願！」然後命人把所有袋子搬上馬車，直接送到王宮去。杜先生扮作想跟阿峯解釋，卻被他一手推倒在地上。

阿峯坐着馬車，帶着滿車的禮物，連夜趕路，他的心裏樂滋滋的，心想：滿車的糧食一定能表達出我對國王的心意。

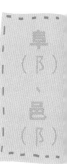

到達王宮後，眾人都把自己帶來的禮物送給國王，大家看到阿峯放滿一地的禮物，都被比下去了。國王看到後，心裏很歡喜，阿峯得意洋洋地從禮物堆中隨手拿出了一袋，遞給國王，說：「尊貴的國王，知道國家需要糧食，這是我送給你的小小心意。」國王看到阿峯手中的袋子，頓時收起了笑

容，嚴厲地說：「來人！把這個傻小子囚起來！」<u>阿峯</u>嚇了一跳，雙手發抖，拿起手中的袋子看了看，只見上面寫着「糞」字，心想：這不是有「米」字嗎？不就是糧食嗎？

　　最後，<u>阿峯</u>不僅沒有得到國王的賞識，還白白受了幾天牢獄之苦，真是大快人心！

人
（亻）

手
（扌）

米

艸
（艹）

阜
（阝）
、
邑
（阝）

部首小教室

米

| 甲骨文 | 金文 | 篆書 | 隸書 | 楷書 |

「米」是象形字，甲骨文的「米」字像米粒散落的樣子。古時的「米粟」是指米和粟，又泛指糧食，是把穀物舂去或剝去皮殼後的果實。因此，以「米」為部首的字，多與米和糧有關。

部首是「米」的例子：
糉、糕、精、糧、粒、糖、粟

學習心得

　　在故事中，阿峯是個既自私又無能的村長，為了討好國王，強搶村民的糧食。他沒學問、沒本領，卻愛面子，不想被人知道自己目不識丁，只好牢牢記住了「米」字旁的字，把糧食全部搶走，直接送到王宮去。老村民杜先生為了替村民出一口氣，故意把牛糞放在倉庫，並寫上同屬「米」部的「糞」字在袋子上，讓阿峯帶走。

　　很多從「米」部的字都跟糧食有關的。但牛糞當然不能吃，在甲骨文中，「糞」字的字形是一手持着掃帚，一手持糞箕把穢物倒掉的意思，本義是掃除。後來，「糞」字用來指糞便的意思，「糞」字上方的「米」表示經過消化、代謝了的食物。

部首練習

一、選出以下從「米」部的字，填在橫線上，完成句子。

> 粟　　精　　糕　　糖　　粉

例子　弟弟生病了，沒有食慾，媽媽熬了一些 ___粥___ 給他吃。

1. 姊姊做蛋糕時，不小心把麵 _____ 灑到地上了。

2. 小芳很喜歡喝 _____ 水，這碗紅豆沙就是她最喜愛的甜品。

3. 這條金黃色的 _____ 米烤得香噴噴的，你快來嘗嘗吧！

4. 我家附近新開了一間 _____ 點店，店內的產品不但美味，而且非常 _____ 緻，就像藝術品一樣。

二、很多從「米」部的字都跟「糧食」有關，例如，
「精」字原來是指「上好的白米」。你能找出下文
字的意思嗎？如果不清楚，可試試翻查字典啊！

1. 粲：泛指 _____

2. 糊：以粉狀的米、麥和水調成的 _____

3. 糍：一種用 _____ 做成的食品。

三、在《不能吃的糧食》故事中，找出「米」部的字，
填在以下空格中。

「米」部的字	

部首：艸（艹）
用蠶繭煮的素食盆菜

　　阿祖是一個既聰明又細心的人，很了解國王的口味和喜好，加上廚藝了得，在王宮裏的廚房工作不久，便晉升為大廚，統籌着廚房的工作。平日他指揮着廚師們工作，偶爾在一些特別的日子，或有重要人物到訪時，國王會要求他親自預備材料和下廚，他煮出來的菜餚色、香、味俱全，總是令大家食指大動。可是，他自知深受國王的寵愛，漸漸開始偷懶，工作態度懶散。

　　今天早上，天氣很寒冷，阿祖好不情願地離開被窩，穿上廚師服上班去。他一走進

廚房，便懶洋洋地交叉着手，打點着廚師們工作，一有空閒的時間，就坐在一旁休息。安排好國王的午餐後，<u>阿祖</u>見尚有時間，打算趁機回家小睡一會，才回來打點晚餐。當他準備離開廚房的時候，剛好有侍從前來說：「<u>故事國</u>國王到訪，國王請你親自預備晚餐。」看來<u>阿祖</u>的「小睡大計」要取消了，又冷又累的他心裏很失望。

國王下了命令，他不得不馬上去安排。<u>阿祖</u>記得<u>故事國</u>國王一向吃素，打算烹調一鍋素食盆菜。他開着水喉，預備開始工作，然而，天氣實在太寒冷，盆裏的水冷得像冰水一樣，當他一把手放進水裏，便猛地縮回去，全身發抖，喃喃自語地說：「在天寒地凍的日子裏洗菜，真是一大考驗！我真想念那温暖的被窩！」又冷又累的<u>阿祖</u>打了幾個

哈欠，決心要騰出時間，回去稍作休息。

　　這時，他靈機一動，想出了一個辦法來。他自言自語地說：「湯底是整鍋盆菜的靈魂，只要我煮好湯，誰不可以做出一盆美味的盆菜？就算我把其他工序交給雜工阿仲去做，國王應該不會知道的。」為了不讓人識破，他打發了所有人離開廚房，只剩下那

個又笨又膽小的雜工——阿仲。

素食盆菜很美味，製作方法很簡單，只要阿祖把上湯的味道調校好，其他的工序就可以假手於人[1]了。他花了兩個小時，煮了一鍋香味撲鼻的上湯，看看陀錶，距離晚膳時間還有三個小時，他伸伸腰，興奮地說：「只要運用一下我的才智，我的『小睡大計』仍然可行！」

阿祖吩咐雜工阿仲說：「上湯已經做好了，你一會兒從倉庫中取出食材，洗淨後放進湯裏煮半小時，我很快便回來。這是我倆之間的秘密，在任何情況下都不可以告訴別人。」

阿仲平日只是做些瑣碎事，從來沒有試

釋詞 ① 假手於人：借助別人來為自己辦事。

過親自下廚，更何況要煮給國王，心裏不禁緊張起來，認真地問：「那麼，我應該放什麼食材呢？」

「素食盆菜嘛，不就是各種蔬菜啊！它們都放在食材庫裏。」睡眼惺忪的<u>阿祖</u>很不耐煩地答道。

<u>阿祖</u>看到<u>阿仲</u>還是傻頭傻腦地站着，一臉尷尬的，才記起<u>阿仲</u>目不識丁，於是隨手拿起一張紙，寫上「艹」，說：「你真笨！凡看到袋子上寫着包含『艹』部的字，都統統拿出來，放在鍋裏。」說罷<u>阿祖</u>便如箭般跑走了。

<u>阿仲</u>拿着手上的紙進入倉庫，把每袋食材逐一拿起來看，凡是有「艹」的袋子都放在籃子裏。過了一會兒，他拿着一大籃東西出來，包括印了「菠菜」、「蘿蔔」、「蒜」、

「薑」、「芫茜」、「葱」、「荀」等字的袋子，另外還有一袋寫着「繭①」字的。阿仲細心地把所有食材洗乾淨，按着阿祖的吩咐，放在上湯裏煮半個小時。

過了一會，阿祖回到廚房，盆菜剛剛做好。他馬上端起熱騰騰的盆菜，呈給兩位國王品嘗。國王打開那香味撲鼻的盆菜，稱讚阿祖不但廚藝了得，而且體貼細心，記得故事國國王不吃肉，所以做了素食盆菜，阿祖便得意洋洋地介紹盆菜的材料和做法。

二人急不及待地吃着，這時，故事國國王突然住了手，說：「怎麼這味道怪怪的？」他用勺子在鍋裏翻了翻，竟然看見幾個橢圓形的東西。故事國國王生氣極了，他憤怒地

釋詞 ① 繭：粵音「簡」，指蠶在變成蛹之前，吐絲結成白色或黃色的橢圓形物體。

人（亻）

手（扌）

米

艸（艹）

阜（阝）、邑（阝）

55

瞪着阿祖，説：「這是什麼東西？你明明知道我一向吃素，竟敢……還要我吃蟲！」他生氣得説不出話來。

阿祖驚訝地説：「這不就是用來煮藥的蠶繭嗎？為什麼素食盆菜會用上了？我……我不知道……可能是阿仲……」國王尷尬得臉都紅了，同時對故事國國王感到很抱歉，他生氣得大力拍枱，説：「菜是你煮的，你竟敢説不知道？把廚房裏的人叫來，我要問個明白！」

侍從走到廚房，只見阿仲一人，便把他帶出來。他看見國王怒容滿面，嚇得站都站不穩，看着一臉慌張的阿祖，他記起了阿祖的吩咐，便説：「我只是個雜工，盆菜是總廚阿祖親手做的。」

國王怒氣沖沖地説：「阿祖，你犯了不

可原諒的過失，還想推卸責任，我要好好懲罰你！」

　　阿祖心裏覺得很委屈，他明明吩咐阿仲只把蔬菜放在鍋裏，卻不知道為何多了一些蠶繭，可是他又不敢把自己委託阿仲煮盆菜的事告訴國王，只好低着頭向兩位國王認錯。

　　你知道為什麼阿仲會把蠶繭放在盆菜中一併烹調嗎？

部首小教室

艸（艹）

甲骨文	金文	篆書	隸書	楷書

《說文解字・艸部》：「艸，百艸也。」意思是百卉，即各種花草，是草本植物的總稱。「艸」同「草」字。

「屮」是一根小草向上生長的象形字；「艸」字是兩根草，表示繁茂；若再加上一根，成為「芔」（卉），就是草的總稱；若再加上第四根，就成為芳草連天的「茻」（莽）了。

在運用上，我們不會單獨使用「艸」字，而會用「草」字來表示草的意思，簡化寫法為「艹」。「艸」部的字多與植物有關。平日，我們把「艹」稱作「草花頭」，書寫時寫成兩個「十」。

59

部首是「艸」的例子：

蔬、菜、茶、葱、芽、莓、菠、芒、花

部首或部件「卝」

卝

故事中提到的「繭」字，上方部件是「卝」而非「艹」，它的部首不是「艸」，而是「糸」部。

「卝」不是一個常見的部首，「卝」是「丱」的簡化寫法。「丱」有兩個讀音，粵音讀「慣」時，是指古代兒童將頭髮上翹，束成兩角的樣子，也有幼年的意思；讀「礦」時，就是「礦」的古寫。

我們要留意「卝」和「艹」雖然寫法相似，但兩者的意思是不一樣的。

學習心得

在故事中，為了方便目不識丁的阿仲找出與蔬菜有關的食材，阿祖在紙上寫了「艹」，提醒他要把包含「艹」部的字的食材，洗淨放在上湯中煮半個小時。阿仲看到「繭」字的「廾」部件，以為它與「艹」相同，便把蠶繭一併放進素食盆菜中，令兩位國王生氣極了！

「艹」部　　　　「廾」部

「廾」和「艹」是不同的，卻容易混淆。以「廾」為部首的字不多，而且多不是常用字；以「廾」為部件的字非常普遍，故事中的「繭」字就是其中一個例子了。我們可以從字義方面着手，來分辨「廾」和「艹」。凡是本義跟草本植物有關的字，多是「艹」部，如故事中的「菠菜」、「蘿蔔」、「蒜」、「薑」、「芫茜」、「葱」、「筍」等；否則，它們就只是一個包括「廾」部件的字，如「敬」、「護」、「獲」、「觀」、「夢」、「舊」等。

61

部首練習

一、試從字義方面聯想，把「⺾」或「卄」部件加在以
下字中，組成完整的詞語。

 芹 菜

1.　樹 田

2.　歡 樂

3.　何 花

4.　余 葉

5.　罗 想

6.　古 售

二、很多有關蔬菜、水果的字都從「艸」部，試找出名
　　稱從「艸」部的蔬菜或水果，寫在下面的碟子上。

例子

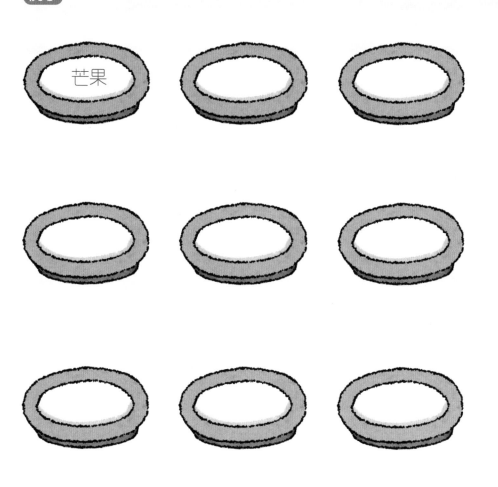

芒果

63

部首：阜（阝）、邑（阝）
左右不分的阿宏

　　阿宏為人自我又沒耐性，做事粗心大意，他有一個弱點，就是左右不分，所以常常闖禍。跟他共事過的人都曾好言相勸，但他總是不聽，不但沒有反省，還愛把責任推卸給別人。

　　他在王宮裏的不少部門工作過，卻沒有一份工作做得長久。最初，他在廚房裏工作，卻因大意把放在左邊的鹽和放在右邊的糖混在一起，被主管辭退；其後，他轉到園林部當園丁，卻因沒記住澆水分量和時間，把放在花圃左邊的仙人掌浸壞了，又令種在

花圃右邊的鬱金香乾得差點兒枯萎，被主管革退①；最近，他在製衣部當裁縫師的助手，他又再次左右不分，把國王和王后的尺碼調換了，幸好被裁縫師發現才沒有闖下大禍。他認為自己只是對裁縫的工作不感興趣才會犯錯，所以再次要求到別的部門工作。

幾經輾轉，他來到了倉庫裏工作，負責收取和搬運貨物，有時還會幫忙處理一下小事務。

每天，阿宏不是收集從外面送來王宮的貨物，就是把大箱小箱的物品搬運到不同的部門，他覺得工作既辛苦又無聊，常常埋怨說：「每天只是把貨物搬來搬去，弄得大汗淋漓，真沒意思！」他覺得這些工作太簡

釋詞 ① 革退：開除。

人（亻）

手（扌）

米

艸（艹）

阜（阝）、邑（阝）

65

單，沒有挑戰，所以做事漫不經心[2]。

有一次，外面有人送來了一大箱貨物，阿宏接過木箱，打開一看，箱裏全是新鮮的嫩草，便詢問送貨的人要把貨物交給誰。那人說：「這是王宮馬房的陳先生訂購的，說是用來餵飼國王的新馬。草是剛收割的，非常嫩綠。」阿宏收下貨物，在箱上寫上「馬房的郴先生收」幾個字，便運送到馬房去。

這箱嫩草一直放在馬房門口沒有人領取，箱裏嫩綠的草已經開始枯黃了。馬房的陳先生等了幾天還沒有收到貨物，覺得很奇怪，便焦急地到倉庫去問個究竟，才發現原來他為國王新馬匹訂購的草早已到了，只是阿宏把「陳」字寫錯「郴」，害他沒有去

 ① 漫不經心：做事不用心、隨隨便便。

人（亻）

手（扌）

米

艸（艹）

阜（阝）、邑（阝）

67

領取，而那些綠草都已變成枯草了。

　　陳先生很憤怒，向倉務部的主管阿泰投訴後，便急急外出，重新去採購新鮮的草了。阿泰雖然很生氣，但仍耐心地教導阿宏，勸導他日後處事要小心，不可粗心大意。聽着阿泰的話，阿宏心裏很不服氣，他想：只是把部首左右調轉了，沒什麼大不了！所以，他沒有把自己的過錯放在心上。

　　又有一次，在國王生日慶典前，王子趕着在外面訂購一箱新鮮的荔枝來招待客人，於是便吩咐倉務部出去處理。由於大家都忙着，主管阿泰只好吩咐阿宏去辦：他要阿宏先到果園選購一批上好的荔枝，再安排馬上送貨到宮邸①。

釋詞　① 宮邸：王宮中。「邸」，粵音「底」。

阿宏到了果園，剛巧果園主人不在，工人們都不知道他是王宮派來的人。阿宏選了一批又香甜又新鮮的荔枝後，便匆匆忙忙地在送貨單上填上「宮阺」二字，沒有仔細看清楚，就交給在場的工人了。

　　工人小心翼翼地包裝好荔枝，看了看送貨單，卻不太肯定該把貨送到哪裏去。他們低聲地討論着，一個工人說：「宮，是王宮；阺不就是斜坡嗎？為什麼那個人要把荔枝送到王宮附近的斜坡上呢？」另一個工人一面整理着送貨單，一面說：「不要管太多了，按着地址送貨去，不會錯的。」最後，運貨的工人只好把一箱箱包好的荔枝送到王宮附近的斜坡上。

　　過了兩天，阿泰還沒收到荔枝，便到果園去查詢，這才知道阿宏竟然把「宮邸」的

「郎」字寫成了「郎」字，難怪沒有人把荔枝送到王宮來了。他連忙走到斜路上看看，那些被放置在斜路上的荔枝已發霉，不能吃了，阿泰十分生氣，回到王宮後，把阿宏教訓了一頓。

阿宏一如以往沒有好好反省，他認為自

己只是一時大意，不應該被罵，心裏覺得很委屈，心想：倉務部的工作不但辛苦，人也很難合作，犯了小錯，就被人責罵，反正搬搬抬抬的工作不太適合我，我還是應該申請調到郵政部門，派派信好了。

　　阿宏取了一份調職表格，漫不經心地填着，在申請調往的部門上寫上「陲」字，看也沒看就把表格交了，他沒發現自己把「郵」字寫成了「陲」字，你知道他將會被送到哪裏工作嗎？

人（亻）

手（扌）

米

艸（⺾）

阜（阝）、邑（阝）

部首小教室

阜（阝）

甲骨文　　　金文　　　篆書　　　隸書　　　楷書

　　「阜」粵音為「埠」，是象形字。「阜」的甲骨文字形，像攀登高山的石階，幾塊石相連，表示綿延的石階，所以「阜」可指梯級、山嶺、高地等。篆書的「阜」字，字形略有改變，在上加一撇，表示山頂。隸書的「阜」字，上面則沒有一撇。

　　「阜」可以獨立成字，作為名詞或形容詞，意思是土山，或指豐厚、旺盛。「阜」作為部首偏旁時寫成「阝」，寫在左邊，稱作「左耳旁」或「左耳刀」。部首為「阜」的字，多是指較高或特定的地方。

部首是「阜」的例子：

防、陪、隊、陰、除、陂、陸、階、陡、陔、阮

邑（阝）

| 甲骨文 | 金文 | 篆書 | 隸書 | 楷書 |

「邑」粵音為「泣」，是會意字。「邑」的甲骨文字形，上為「口」，表示疆域，下為跪着的人形，表示人口，合起來表示城邑、人聚居的地方。

「邑」可以獨立成字，作為名詞，指國家、城市、封地等。「邑」作為部首偏旁「阝」，寫在右邊，稱作「右耳旁」或「右耳刀」。部首為「邑」的字，多跟地名、邦郡等有關。

部首是「邑」的例子：
都、鄰、郵、邱、邸、邦、郊、鄭、邨

學習心得

　　在故事中，左右不分的阿宏不分「阜」、「邑」，把事情弄得一團糟。來到倉庫工作，他先是把陳先生的「陳」字寫錯，令嫩草枯黃了；再把官邸的「邸」字寫錯，令王子的新鮮荔枝發霉了。可是，他仍不肯好好學習，改正過來，還申請調到郵政部門工作。最後，他把「郵」字寫成「陲」字，「陲」的意思是邊疆，結果阿宏當然會被送到邊疆工作啦！

　　現在，讓我們跟阿宏一起學習一個簡單的方法，來分辨「阜」和「邑」吧！「阜」和「邑」作部首偏旁時寫成「阝」，形狀一模一樣，只是所處位置不同，一個寫在左邊，一個寫在右邊。我們只要記住「左阜右邑」這口訣，就可以把它們分辨出來了。

部首練習

一、在故事中分別找出從「阜」部或「邑」部」的字，
　　填在以下空格內。

「阜」部的字	
「邑」部的字	

人
（亻）

手
（扌）

米

艸
（艹）

阜
（阝）
、
邑
（阝）

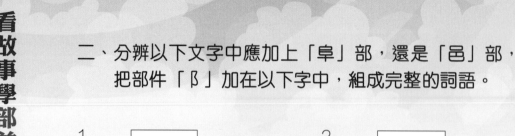

二、分辨以下文字中應加上「阜」部，還是「邑」部，
把部件「阝」加在以下字中，組成完整的詞語。

1. 夆 落

2. 百 生

3. 城 君

4. 交 野

5. 付 近

6. 太 昜

7. 牙 惡

8. 完 子

《庸人買銅象》（P.19-20）

一、 受僱為人做事的人；
　　 平庸而沒有作為的人；
　　 做錯事／辦事不力（參考答案）

二、 1. 像　　　2. 侍
　　 3. 依　　　4. 伴
　　 5. 旁　　　6. 們
　　 7. 偉　　　8. 健

《得不償失的阿信》（P.34-35）

一、 1-6. 打掃、尋找、交換、排隊、搖擺、
　　 掌握（參考答案）

二、　1. 搬　　　2. 擦
　　　3. 抄　　　4. 探
　　　5. 拒　　　6. 扮
　　　7. 捉　　　8. 揮
　　　9. 拾　　　10. 掌
　　　11. 換　　　12. 持

《不能吃的糧食》（P.48-49）

一、　1. 粉
　　　2. 糖
　　　3. 粟
　　　4. 糕；精

二、　1. 穀物（參考答案）
　　　2. 稠狀物（參考答案）
　　　3. 糯米（參考答案）

三、　粥、糯、米、糧、糙、粟、粉、糰、
　　　籽、糖、粱、糭、糞

78

《用蠶繭煮的素食盆菜》（P.62-63）

一、 1. 苗（艹） 2. 歡（艹）
　　 3. 荷（艹） 4. 茶（艹）
　　 5. 夢（艹） 6. 舊（艹）

二、菠菜／芽菜／芹菜／蘿蔔／芫茜／苦瓜／冬菇／菠蘿／
　　葡萄／香蕉／蘋果／草莓／藍莓／荔枝（參考答案）

《左右不分的阿宏》（P.75-76）

一、 「阜」部的字：阿、陳、阺、附、陲
　　 「邑」部的字：部、那、邸、郵

二、 1. 降   2. 陌
　　 3. 郡   4. 郊
　　 5. 附   6. 陽
　　 7. 邪   8. 院